Babar characters TM & ©1990 L. de Brunhoff
All rights reserved
Based on the animated series "Babar"
A Nelvana-Ellipse Presentation
A Nelvana Production in Association with The Clifford Ross Company, Ltd
Based on characters created
by Jean and Laurent de Brunhoff
Edited by C.N.D. – M. Nathan-Deiller, in collaboration with F. Ganachaud and C. Bacro
Image adaptation by Van Gool-Lefèvre-Loiseaux
Produced by Twin Books U.K. Ltd, London

Published in Canada by PHIDAL

Printed and Bound in Italy

À LA FÊTE

 Phidal

Aujourd'hui, un  magnifique

a été hissé dans le parc. C'est la fête !

Une  arrive puis une autre... un peu

moins moderne, c'est une vieille  .

Dans toutes les rues de la ville, une voiture

diffuse par un  ce message :

«Venez tous à la fête ! Il y aura des jeux,

des attractions, un feu d'artifice...»

Un splendide  est installé

au milieu du parc. Les forains travaillent

beaucoup pour que tout soit prêt à temps.

le drapeau,
la caravane, la roulotte,
le haut-parleur,
le manège.

Dans un hangar, les enfants construisent

en secret un char pour le grand défilé.

«Brr, ce  est affreux !» s'exclame Flore.

«Et toi, lui réplique ce coquin d'Alexandre,

avec ce , tu feras peur à tout le monde !»

«Alexandre, dit Arthur qui dirige les opérations,

fais plutôt attention à ton  ! Et prends

un noire pour les griffes du dragon.»

Pom découpe à toute vitesse du papier coloré

avec des  pour faire des guirlandes.

«Dépêchons-nous, dit-il, ça va commencer !»

le dragon, le tutu,
le pinceau,
le pot de peinture,
les ciseaux.

La grande parade **arrive devant** le palais.

«J'entends le !» dit Babar **à** Céleste.

«Voilà les majorettes ! s'écrie Céleste.

Comme elles manient bien la !

Elles sont vraiment très jolies, j'aimerais avoir

des comme elles», ajoute-t-elle.

Le roi des kangourous mène l'orchestre,

très fier de sa aux galons dorés.

En l'honneur du roi et de la reine, les musiciens

jouent de la  . Céleste est ravie !

«Vite, il est l'heure d'aller à la fête !» dit-elle.

le tambour,
la baguette,
les bottes, la casquette,
la trompette.

Dans la rue, les gens admirent le magnifique

char tiré par le  Grégoire.

«C'est très réussi !» s'enthousiasme Céleste.

«C'est moi qui ai fait la 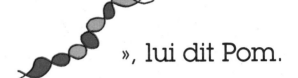 », lui dit Pom.

«Ils sont mignons, déguisés ainsi, rit Babar,

je reconnais Pom en  et, derrière

ce  , c'est Arthur ! Qu'il est drôle !»

«Je ne vois pas Alexandre», s'étonne Céleste.

A ce moment-là, un tout petit

lui fait de grands signes et plein de grimaces.

Qui est-ce ? C'est Alexandre bien sûr !

le lion, la guirlande,
l'arlequin, le masque,
le gorille.

Le défilé s'arrête et Pom lance des

aux spectateurs. Quelle belle bagarre !

Tout le monde participe , même Céleste

lance des  , c'est si drôle ! Alexandre

prend un air terrible pour faire peur.

Mais, soudain, un enfant se met à sangloter :

«Mon  , pleure-t-il, il est tombé !»

«Ce n'est rien, le console Babar, regarde

plutôt les 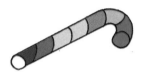 qui s'envolent !»

«Que la fête commence ! dit Arthur. Par chance

le ciel est  . On va bien s'amuser !»

les confettis,
les serpentins,
le sucre d'orge,
les ballons,
bleu.

Les enfants s'installent sur le premier manège.

Arthur hésite : «Est-ce que c'est l'

que je préfère ? Ou bien alors...»

«Dépêche-toi, lui dit Céleste, ça va partir !»

Arthur choisit enfin l'autobus dont les

clignotent gaiement. Ouf, il était temps !

Avec la  , Alexandre et Flore

croient vraiment s'envoler dans l'espace.

Dans l'  , Pom est furieux car il n'arrive

pas à décoller mais il attrape le pompon.

«Au prochain tour, je prendrai le  !»

l'hélicoptère,
les phares,
la soucoupe volante,
l'avion, le scooter..

Sur le manège à côté, la vieille dame admire

un superbe  de bois.

«Installez-vous, lui propose Babar, mais faites

attention à ne pas glisser de la  .

Viens avec nous Céleste, c'est si amusant !»

Céleste choisit la  , et Zéphir

fait le cocher. Quand le manège démarre,

Zéphir donne un grand coup de  .

«J'ai l'impression de partir en voyage»,

dit Céleste en ouvrant une  .

Pauvre Babar ! Il n'a pas eu le temps de monter.

le cheval, la selle,
la calèche, le fouet,
l'ombrelle.

Pendant ce temps, les enfants ont enlevé

leurs déguisements et se promènent.

«Mmm, ça sent bon ! J'ai envie d'une  !

s'exclame Pom. Ou peut-être quelque chose

de plus gros ? Je sais : une  !»

«Quel gourmand !» se moque Alexandre.

«Toi, répond Pom, un  ne te suffit pas ?»

«Si, réplique Alexandre, mais j'ai acheté

ce paquet de  pour Zéphir.»

Flore, toujours très généreuse, partage

ses avec un petit chien.

la crêpe, la gaufre,
le cornet de glace,
les cacahuètes, les pop-corn.

Pom achète encore une  mais

Alexandre l'entraîne plus loin en criant :

«Viens voir, papa fait de l'  !»

En effet, Babar s'amuse comme un fou, surtout

depuis que Rataxès est arrivé sur la piste.

Babar roule si vite que son  fait

des étincelles. Et BANG ! Il fonce sur Rataxès,

qui, de surprise, lâche son .

«Viens, on y va aussi !» propose Arthur à Zéphir.

Zéphir est d'accord, il a même déjà pris

un  pour le tour suivant.

la saucisse,
l'auto-tamponneuse,
l'antenne, le volant,
le jeton.

«Allons à la loterie, propose Flore. Vite !

Regardez, la  tourne déjà.»

Arthur, Pom et Alexandre se dépêchent.

Le  fait vraiment envie à Arthur.

Flore est impatiente, elle aimerait bien avoir

la jolie  qu'elle voit sur l'étagère.

«C'est le 8, j'ai gagné !» s'exclame la vieille dame

en examinant avec surprise son  .

Mais Flore a l'air si déçue que la vieille dame

lui offre le qu'on lui a donné.

«Tiens, Flore, moi je voulais la  .»

«Super, un train fantôme ! On y va ?» s'écrie Pom.

«Oh ! là ! là ! non, j'ai peur !» répond Flore.

Mais Arthur la pousse dans le

et les voilà tous partis dans le noir.

Dès qu'il aperçoit une , Pom

se serre bien fort contre Alexandre.

«Ah ! Un !» s'écrie-t-il effrayé.

Même Arthur fait une drôle de tête quand il voit

un fantôme remuer une lourde .

Alexandre sursaute en poussant un cri :

«Ah ! Une ! Elle m'a touché la tête !»

le wagon, la tête de mort,
le diable, la chaîne,
la chauve-souris.

En sortant, encore tremblants, les garçons

aperçoivent Babar avec une

devant le stand de tir. Arthur veut essayer

mais Alexandre préfère prendre un

Babar se concentre, vise, quand soudain…

«J'ai eu l' ! hurle Alexandre. Hourra !»

Son cri fait sursauter Babar qui manque de peu

la . Il n'est pas très content !

«Bravo, Alexandre, dit Céleste, tu as bien visé !»

Babar regarde la  de son fils et rit.

«Quel tireur ! dit-il, il est bien plus fort que moi !»

la carabine, l'arc,
l'Indien, la cible,
la flèche.

Pom, Flore et Alexandre sont attirés par le bruit

d'une sous un petit chapiteau.

«Entrez, leur dit un forain, et pariez sur Zouzou,

le  le plus célèbre du monde !»

«D'accord ! s'écrie Pom en prenant un

avec un numéro, je suis sûr que Zouzou

va choisir la  numéro 8 !»

Alexandre et Flore décident de jouer aussi.

Le forain soulève alors la  et le petit

animal se dirige sans hésitation vers le 6.

Tant pis ! Personne n'a gagné le  .

la cloche,
le cochon d'inde,
le cube, la carotte,
la cage, le cerceau.

Devant sa roulotte, une voyante avec un drôle

de  sur la tête et une en or

appelle Céleste et la vieille dame.

«Entrez chez moi, je vais vous dire votre avenir.»

A l'intérieur, elle propose à Céleste de choisir

une  mais Céleste hésite un peu.

«Voyez-vous quelque chose pour moi dans

votre  ?» demande la vieille dame.

La lionne se concentre un moment, agite

son  et annonce à la vieille dame :

«Je vois… du bonheur et une couronne…»

le foulard,
la boucle d'oreille,
la carte,
la boule de cristal,
l'èventail.

Mais tout en haut du , que fait le clown ?

Tous les gens se précipitent vers lui.

«Attention ! Tu vas tomber dans la  !»

lui crie un spectateur en riant.

«Et tu perds ton  !» lui dit un autre.

«C'est normal, répond le clown, quelqu'un

a détaché mes . Si je l'attrape...»

Il y a de plus en plus de monde autour du mât.

«Pourquoi une  ?» demande un enfant.

«Essayez donc de grimper maintenant,

répond le clown. Attention, ça va glisser...»

le mât, la piscine,
le pantalon,
les bretelles,
la savonnette.

Le jeu consiste à attraper la

tout en haut. Zéphir n'a pas le droit de jouer,

ce serait trop facile pour lui ! Mais Pom lui offre

sa  pour le consoler.

Déjà, un hippopotame est tombé dans l'eau,

il a même perdu une  .

«J'essaye, dit Rataxès à sa femme, en lui

confiant sa  . Je vais y arriver !»

Mais Rataxès n'est pas très agile. Il réussit

à toucher le  , perd l'équilibre,

et, soudain, tombe dans l'eau...

la couronne de fleurs,
la barbe à papa,
la chaussure,
la veste, le noeud.

En sortant de la piscine, furieux et trempé,

Rataxès glisse sur une  qui traînait

par terre et fait une nouvelle chute. Attention !

Il va écraser le  d'un spectateur !

«Bravo, Arthur !» crie Zéphir, monté sur le cou

d'une  , pour encourager son ami.

En effet, Arthur vient d'attraper la couronne.

Le général Cornélius, un bel rouge

à la boutonnière, prépare déjà le trophée.

«Voilà la  pour le vainqueur !» déclare

Cornélius en félicitant Arthur.

la bouteille,
le chapeau, la girafe,
l'œillet, la médaille.

Le soir tombe déjà et tout le monde se retrouve

autour d'une  où un magnifique

buffet est dressé. Babar félicite le cuisinier

rougissant sous sa toute blanche.

Pour mieux admirer le buste en sucre

de Babar, Flore apporte un  .

Arthur arrive, triomphant. Il a déjà offert

la couronne de fleurs à la vieille dame.

«Un  pour Arthur !» dit Zéphir, qui

joue au garçon de café. Mais il n'oublie pas

de prendre au passage un pour lui.

la table, la toque,
le lampion,
le sandwich,
le gâteau.

Après le buffet, dans la salle de bal, les enfants

admirent les musiciens et leurs instruments.

«Qu'est-ce que c'est que ce machin tout doré ?»

«Ça, c'est un , répond Arthur à Pom.

Mais moi, je préfère de très loin le .»

Un des musiciens commence à jouer

de la . Flore est émerveillée :

«C'est joli comme le chant d'un oiseau !»

«Il y a même une  ! s'exclame

Alexandre, mon rêve !»

Et le bal commence sur un air d' .

le saxophone,
le violon, la flûte,
la guitare électrique,
l'accordéon.

La nuit est tombée. Le ciel est éclairé

doucement par la .

«Oh ! s'écrie Zéphir, il y a même une  !»

Le feu d'artifice commence, quelle joie !

Flore, ravie, grimpe sur les épaules de Babar

et s'accroche à sa  . Mais le pauvre

Babar ne voit presque plus rien...

Avec ses  , la vieille dame peut mieux

admirer les couleurs. Pom et Alexandre ont

escaladé la  et s'émerveillent.

Quelle magnifique journée ils ont passée !

la lune, l'étoile filante,
la couronne,
les jumelles,
la fontaine.